KB123519

내 마음이 닿는 곳마다 꽃이 피었다

내 마음이 닿는 곳마다 꽃이 피었다

2019년 4월 5일 초판 1쇄 인쇄
2019년 4월 5일 초판 1쇄 발행

지은이 |이서현

인쇄 |예인아트

펴낸이 |이장우
펴낸곳 |꿈공장 플러스
출판등록 |제 406-2017-000160호
주소 |경기도 파주시 회동길 301 (파주출판도시)
전화 |010-4679-2734
팩스 |031-624-4527
e-mail |ceo@dreambooks.kr
homepage |www.dreambooks.kr
instagram |@dreambooks.ceo

꿈공장⁺ 출판사는 모든 작가님들의 꿈을 응원합니다.
꿈공장⁺ 출판사는 꿈을 포기하지 않는 당신 곁에 늘 함께하겠습니다.

ISBN |979-11-89129-28-6

정 가 |12,000원

꽃이 피었다

내 마음이 닿는 곳마다

• 시인의 말

내 안엔 언제나 조금 뜨거운 심장이 있는 것 같았다.
심장이 시키는 일들은 때론 맞았고 때론 틀렸다.
그래도 괜찮았다.
어쩌면 자주 틀렸던 날들이
지금 나를 만들었는지 모르겠다.

시가 되고 꽃이 되는 시간을 보는 게 행복했다.
그걸로 괜찮았다.
혹시나 틀리면, 아니면 어쩌나 했지만
틀리는 것 보다 두려웠던 건
내 심장이 더 이상 움직이지 않는 것이었다.

조금 뜨거운 내 심장을 사랑한다.
그리고
그대를 사랑한다.

그대 마음에 꼭 드는
꽃 한 송이 만났으면 참 좋겠다.

2019년, 봄을 기다리며

이서현

꽃처럼

기다리는 건 내가 할 테니
그대는 그렇게
꽃처럼 꽃처럼

슬퍼하는 건 내가 할 테니
그대는 그렇게
꽃처럼 꽃처럼

사랑하는 건 내가 할 테니
그대는 그렇게
꽃처럼 꽃처럼

봄바람

불어오는 바람에 오랜 그리움 담아 보냅니다
그대 지나는 길목에 낯선 바람 불고
꽃잎 우수수 떨어지면
잠시만 나를 떠올려주세요
흩날리는 꽃잎 따라
내 마음도 한 없이 일렁입니다

🎴 기쁜 소식 (봄까치꽃)

위로 1

내 마음이 닿는 곳마다 꽃이 피었다
피어 있었고
피어 주었다

하루를 더 살고 싶었고
그 이유면 충분했다

그대는 모르겠지만

그대가 웃으면
온 마음이 흔들렸다

그대가 울면
온 세상이 흔들렸다

그렇게 흔들리고 흔들리며
오래도록 그대를
사랑했다

변치 않는 사랑 (산수유)

행복의 크기

행복이란 거 크기가 중요한 걸까
너와 내가 걷는 이 발걸음이
함께 듣는 이 음악이
네 눈에 비친 내 모습이
함께 하는 작은 순간순간들이
행복이 된다면 말이야

나의 행복 (꽃마리)

별 1

너로 인해 빛났던 날
내 안의 작은 우주였던 널
가만히 떠올려 본다

이 밤
누구라도
별이 된다

같이 걸어요

당신 마음 전부를 가지려하지 않을 게요
당신을 온전히 다 알지 못한다 해도
당신 옆에 서 있을 게요

당신이 걷는 그 길에서
두 손 잡고 걸어줄 게요
조금 늦더라도
천천히 함께 가요

봄맞이 (광대나물)

참 좋다

그대에게 꽃 한 송이 드리리
그대와 꽃이 만나 눈부시게 피어나면
그대 가는 길 따라가는 바람되리
저 하늘 흰 구름되리

이렇게 그대 곁에서
그대만 바라봐도 좋아라
참 좋아라

토닥토닥

햇살 비추면 창문 활짝 열고
비 내리면 우산 쓰고
바람 불면 옷깃 여미고
눈 내리면 천천히 걷고
그 뿐이다

어제는 바람이 많이 불었고
오늘은 비가 많이 내리고
또 내일은 눈보라가 칠지 모른다
그래도 다음 날엔 반드시
눈부신 햇살을 만날 거다
그 뿐이다

명랑함 (유채꽃) 🔲

좋은 사람이었어요

내 기억 속에 남아있는 그대처럼
그대 기억 속에 내가
아주 조금은 좋은 사람이었길
좋은 기억하나 남긴 사람이었길 바랍니다

꼭 다시 만나지 못하더라도

그리움은 꽃이 되고

보고 싶은 마음이
눈물 되어 자랐다

그리하여 어느새
이름 모를 꽃이 피었다
그리움이 피었다

제발 꺾지 말아다오

보통 일

당신이 머무는 그 시간에 함께할 수는 없지만
당신의 이야기를 들어줄 순 있어요
당신의 사랑을 박수치며 응원하기는 힘들지만
당신과 술 한 잔 기울일 순 있어요
당신과 밤을 지샐 수는 없지만
내 어깨를 빌려줄 순 있어요
당신을 내 곁에 둘 수는 없지만
언제까지고 그리워할 순 있어요
내가 해 줄 수 있는 그저 그런 보통 일들

나를 안아줘

나에겐 하루 종일 생각날 만큼 좋은 일이라도
누군가에겐 금방 잊히는 무심한 일

온 세상이 꺼지는 듯한 아픔도
결국 나만 견뎌내야 하는 것
내 하루를 다 주어도 아깝지 않은 시간
누군가에겐 그저 스쳐 지나는 똑같은 날

그래도 괜찮다
내가 나를 껴안는다
세상을 원망할 필요는 없어

오늘도 잘 해내었다고
그만 하면 되었다고
알아주지 않아도 기다리지 말고
내가 좋으니까 된 거야

모든 슬픔이 사라진다 (미선나무)

제비야 제비야

장수야 병아리야 오랑캐야 앉은뱅이야 제비야
어떻게 불러도 상관없지만
난 제비란 이름이 제일 좋아요

하늘 나는 제비가
봄소식 가져올 때
나에게만 살짝 전해주고 가거든요

제비야 제비야
꼭 이렇게 불러주며
우린 같은 이름이니까
같은 마음이란다

같은 마음으로
봄소식 전합니다

올 해 봄엔
서로를 그리워하는 사람들이
꼭 다시 만난다구요

🌸 나를 생각해주세요 (제비꽃)

꽃인 줄도 모르고

그런 줄도 모르고
온종일 찾아 헤매었다
산으로
숲으로
낯선 길가로

그런 줄도 모르고
꽃이 필 때마다
이유도 모른 채 흔들렸다
이 자리에서 저 자리로
이 마음에서 저 마음으로

그런 줄도 모르고
아무 것도 모르고

내 이름은 오얏꽃
꽃인 줄도 모르고
아무 것도 모르고

순백 (오얏나무)

별 2

그댈 그리워하는 이유는
수 십 가지도 댈 수 있지만
그댈 내 곁에 두고 싶은
단 한 가지 이유를 대지 못해
애꿎은 밤하늘 저 별들만
죽어라 세고 또 셉니다

바람꽃에게

너에겐 바람이
나에겐 마음이

네게 줄 수 있는 게
하나라도 있어
참
다행이다

사랑의 비밀 (너도바람꽃)

사랑에 갇히다

다시

봄이다

꽃향기 가득한 거리

혼자 걷는 이 시간은

아름다운 감옥일 뿐

사랑 안에 갇혀

한 발짝도 나오지 못한다

그리움까지 알아야 한다

곁에 있다고
그 사람을 다 아는 건 아니다
가보지 않고
그 곳을 다 안다고 할 수 없는 것처럼

그 사람을 안다는 건
그 사람의 그리움까지 알고 있다는 거다

참사랑 (금창초)

어른이 아니었던 것 같은데

그랬어야 했나 보다
나는
아니었던 것 같은데

너무 빨리 와서
준비도 하지 못해서
흉내를 냈었다

나는
아니었던 것 같은데

어떤 모습이어야 하는지
어떤 사람이어야 하는지
아무도 가르쳐주지 않아서

마음 가는 대로 해버렸더니
나보고
이제 어른 다 됐네 했다

나는
아니었던 것 같은데

🔲 젊은 날의 슬픔 (앵초)

기다리는 마음

당신을 만나기 전날에
나는 무척 떨립니다
마음은 벌써부터 당신과 함께 손을 잡고
봄 거리를 거닐고 있습니다

설레임이란 말은
나를 참으로 기쁘게 합니다
봄의 향기 곳곳에
당신 얼굴이 그려집니다

기다림이란 말은
나를 참으로 행복하게 합니다
당신을 기다리는 오늘 하루
내겐 너무나도 달콤한 꿈이랍니다

당신을 만나기 전날에
나는 무척 떨립니다
마음은 벌써부터 당신에게로 달려가
이젠 내가 봄이 됩니다

첫사랑 (영산홍)

눈물 꽃

부치지 못할 편지지엔
언제나 눈물이 꽃처럼 번졌다

누군가의 마음에 한 번 피지도 못하고
그대로 지고 마는

이름도 향기도 없는
메마른 꽃

지는 석양에 오늘은
붉게 뜨겁게
물들어라

꽤 괜찮은 풍경

탁자 위엔 내가 좋아하는 작가의 책이
방금 끓인 따뜻한 차 한 잔이
부드럽게 잘 써지는 B심의 노란 연필이
지금 흐르는 조금 슬픈 노래와
내가 앉아 있는 이 풍경을 만들어낸다

창으로 들어오는 가벼운 바람
이대로 하루가 가도 괜찮다
무언가 하지 않아도
내일을 생각하지 않아도

다시 찾은 행복 (은방울꽃)

새벽 달 1

사랑이 깊어지면
그 눈이 깊어진다
그 눈이 깊어지면
두 손 모은 마음도 깊어진다

두 손 모은 마음이
밤하늘 한 올 한 올 수놓으면
그 기다림으로
새벽 달 빈 길에
홀로라도 뜬다

이런 나, 이런 우리

돌아보면 후회뿐이지만
지금 다시 누굴 만난다 해도
그때보다 덜 실수하고
그때보다 덜 아파하고
그래서 그때보다 더 나은 사랑할지
난 잘 모르겠어요

난 여전히 부족한 사람이니
또 서툴고 아픈 사랑할 테죠
그렇더라도 그게 나예요

사랑 앞에서 가끔은
뭐든 완벽하게 잘 해내는 어른이 아니라
작은 실수에도 어쩔 줄 모르는 아이가 되었음 해요
이런 나, 이런 우리가

순박함 (씀바귀)

그때 그 떡볶이 집엔 아직도 사랑이 피어나고 있을까

떡볶이 한 접시에 사랑은 서비스

벽에 가득했던 수많은 사랑이야기에
시간 가는 줄 몰랐다
누구 누구 사귀나봐
쟤 또 바뀐 거 봐라

영원하자 약속했던 그때 그 사랑이야기들은
지금쯤 어디에서 이어지고 있을까

모양도 색깔도 다른 가지각색 하트들 틈에서
우리 사랑 피어날 곳 어디 없나

왠지 부끄러워
저기 구석 한 자리 조그맣게 하트를 그리고
더 조그맣게 새긴 이니셜

지나간 내 사랑의 흔적이
여전히 그 곳에 남아 있으려나

우리 옆자리 외로운 '애인구함' 씨에게도
바라던 사랑이 찾아왔길 바라며

네가 보물이야

어딜 보고 있는 거야?
무얼 그리 찾는 거야?

여기 있는데
바로 이곳에

보이지 않니?
들리지 않니?

너한테 있어
너에게 있다구

너야 너
바로 너

보물주머니 (산괴불주머니)

5월에 내리는 눈

여름을 코앞에 두고
때 아닌 눈이 내렸다

해마다 5월이면
그 집 앞 울타리에만
새하얗게 눈이 쌓였다

잎 하나 없는
굵직한 가시 틈 사이로
보고 싶은 얼굴이 보였다

가시를 걷어낼 자신은
도무지 없어

흰 눈만 자꾸자꾸
떼어냈다

추억 (탱자나무)

오는 사랑

오는 사랑을 막을 수 없다
내 서있는 이 자리에서
꼼짝없이 맞을 수밖에
파도처럼
소나기처럼
흩날리는 꽃잎처럼
그대 내게 오는 걸
나는 정녕
막을 도리가 없다

내가 제일 잘 하는 일

사람을 사랑하고
내가 하는 일을 사랑하고
보이지 않는 내 꿈들을 사랑하며
어제도 오늘도
나는 조금 아프다

사랑하는 일
이토록 아픈 일인데
놓을 수 없는 마음은
더 뜨겁게 요동친다

사랑한 날들을 후회하지 않겠다
돌아보지 않겠다

언제나 내 모든 것들을
사랑하고 또 사랑하며 더 많이 아파하겠다
아프고 또 아파하며 더 많이 사랑하겠다

사랑의 기쁨 (칠쪽)

그대 향기

그대에게선 늘
향기가 났다

어떤 꽃향기도
그대를 이길 수 없었다

그대는 그런 사람
온 세상이
그대 향기로 가득 찼다

신비한 사랑 (각시붓꽃)

우리의 사랑

사랑에는 정답이 따로 없다
그저
너와 내가 있으면 되었다

내 속마음 다 알아주지 않아도
몇 날 밤쯤 슬퍼하지 않을 수 있었다
슬픈 건 네가 없고 내가 없는 것이지
마음 하나 알아주지 않는 게 아니었다

가끔 나도 숨고 싶을 때 있더라
나를 기다려주는 네가 고마웠다

이래야 한다 저래야 한다
정해놓은 사랑은 이제 힘이 없어

너와 나는
우리의 사랑을 한다

그대의 관대한 사랑 (자운영)

꽃이 준 선물

너만 보면
나도 모르는 미소가 번진다
햇살 담고 별빛 달빛 머금고
그처럼 나도 환한 얼굴일까

너만 보면
나도 모르게 심장이 뛴다
계절이 가도 마지막까지 눈부셔
그처럼 나도 뜨거운 사람일까

마음 편히 웃는 것도
뜨겁게 사랑하는 것도
참 어려운 날

널 앞에 두고
나는 이리도 쉽게
허물어지고 만다

네 사랑에 그만
무너지고 만다

🌸 깊은 사랑 (다래 넝쿨)

인생

지나온 시간들
모두 다 고맙지

잘 견뎌내 주어서
잘 이겨내 주어서

이제 나는
부끄럽지 않아

내가 나여서
내가 언제까지나 나라는 것이
참 고마워

그대네요

그대네요
저 피어있는 꽃 한 송이
바로 그대네요

그리움이 눈물 되고
그 눈물이 땅을 적시고
내 상처가 거름되어
그대가 피었네요

그대네요
그대가 내 앞에
웃고 있네요

다시 아이가 되어야 해

어른이 된다는 건
괜찮은 척 다 아는 척 있는 척 없는 척
척척 박사가 되는 게 아니라

안 괜찮아 잘 몰라 없는데 그건 있어
툭툭 털어내는 거야

하나를 주면
둘을 원하는 게 어른이 아니야
나를 속여도
괜찮다고 웃어넘길 수 있는 게 어른이 아니라고

하나를 주면 꼭 하나를 주고
나를 다 보이며 바보처럼 함께 웃을 수 있어야
어른이 되는 거야

다시 아이가 되어야 해
그럼 우린
진짜 어른이 되는 거야

동심 (까마중) 🔳

언젠가부터 아메리카노

커피는 별로
잠이 안 와서
피할 수 있을 때 까지 피해보다
우연히 마신 아메리카노

달달함이 빠진 충격적인 쓴 맛
돈 주고 느끼는 이 고통이
사람들에게 어떤 위안을 주는 걸까

어차피 쓰디쓴 인생
커피 한 잔이 주는 인생의 쓴 맛은
앞으로 보낼 삶에 던져주는 예고편 같은 것

나도 언젠가부터
아메리카노

기도

널 향한 내 마음이
저 하늘에 닿기를
그래서 네가 하늘 보며
잠시라도 웃을 수 있기를
눈 한 번 감고
다시 시작할 수 있기를

하루 종일
하늘 아래 서 있다

행복 (하늘매발톱꽃)

꽃인지 그대인지

꽃을 그립니다
그대를 생각하며

꽃이 그대를 닮아가고
그대가 꽃을 닮아가고

함박 핀 그 모습에
나도 따라 웃어요

이대로 눈부신 하루

책을 읽고 음악을 듣고
버스를 기다리며 호두과자 한 봉지를 샀다

잠깐 멈춰 올려다 본 하늘
이대로도 좋구나
이대로도 괜찮구나

긴긴 하루가
나 하나만으로도 넘치게
채워졌다

이대로도 좋구나
이대로도 괜찮구나

다람쥐처럼

상처 주는 말 참 쉽다
사랑하며 웃으며 살기도 벅찬 세상에
말 한마디 칼날이 참 무섭다

그래 다람쥐처럼 피해가리
내 발밑 체이는 돌멩이도
내 앞 가로막는 나뭇가지도
그저 나무라지 말고
말없이 피해가리

그러다 보면 다시 부딪힐 힘 생기겠지
다시 걸어갈 수 있겠지

다람쥐처럼

꽃 길

가끔 내가 서 있는 이곳이
홀로 서 있는 등대처럼 쓸쓸하고 외롭다
괜한 짓 하고 있다 나무라도
나는 걸어가야 한다

내가 걷는 그 걸음 따라
누군가 또 걸을지 모른다
한 걸음 시작이 어려웠지만
나는 지금 잘 하고 있다
누구보다 잘 해낼 수 있다

활짝 핀 꽃길 따라
힘차게 걸어간다

내 마음도 내 꿈도
꽃길이어라

희망 (큰구슬붕이)

새벽 달 2

함께한 추억이 쌓여갈수록
놓을 수 없는 이유도 쌓여갔다

기다리는 시간이 많아지면
마음 안에서 달이 점점 차올라
다 토해내고 뜨거워지고 싶었다

어쩌면 나는
차가운 달을 품고 그대만 기다리는 꽃잎
무심한 손짓 한 번에도 한 없이 떨리는 여린 잎사귀

오늘 같은 새벽이면
그대 꿈 길 비추는 푸른 달이 되고 싶다

외로운 추억 (자주달개비)

어느 날, 이별

사랑한 이유는 분명한데
이별한 이유는 또렷이 떠오르지 않는다
이별이란 특별한 이유가 있어서가 아니라
사랑하면서 만나게 되는
작은 조각조각의 이유들이 쌓이고 쌓인
그 어느 날
사랑하지 않아서가 아니라
그 조각들을 더 이상 견딜 수가 없어지는
그 어느 날
그렇게 오는 거라서

추억은 우리 안에

나만 아픈 걸까
내 얘기만 하는 걸까

당신도 어쩌면
비 내리는 날 눈 내리는 날
하던 일 멈추고 우릴 추억할지 몰라

내 얘기가 아니라
그 시절 우리가 함께 만든
바로 우리 이야기니까

그대도 나도
우리 안에 있었다

꽃 시

무엇을 줄까 생각하다가
어떤 마음 전할까 고민하다가

들에 핀 꽃 한 송이
한 편의 시

꽃보다 고운 마음
찾을 수 없어서

그 마음에 기대
꽃 시 전합니다

내 길을 간다

같은 말을 해도 누군가는
말로 다 담지 못한 내 마음까지 보지만
누군가는
말 한 마디 안에 갇혀
그 너머 진심을 보지 않는다

그렇더라도 그건 내 몫이 아니다
나는 내 길을 갈뿐
내 색깔로 내 삶을 만들어 갈뿐
나를 휘두르는 것은
그 누구도 아닌 나인 것을

🏵 초실 (메꽃)

그댈 생각하면

그댈 생각하면
가슴에 따뜻한 바람이 분다
사는 게 지치고 지루해지면
그 바람타고 그대에게 가고 싶다

그댈 생각하면
늦은 오후 낮잠처럼 나른해진다
우리만 아는 세상에 잠시만 누워
그대 꿈꾸며 잠들고 싶다

함께 있어도 외롭다

수많은 사람들 속에서
때로는 더 외롭다

내가 아니라도
내가 꼭 채우지 않아도
사람들만으로도 충분히 채워지는 걸
그대로 보고 있어야 하는 그 시간이
그렇게 외로울 수 없다

가끔은 이 외로움이
더 많이 아프다

꽃을 먼저 만난다

얼마나 많은 세상이 담겨 있는지
얼마나 많은 이야기가 숨어 있는지

하늘, 땅, 산, 물
달, 별, 구름, 바람

제비, 까치, 꿩, 매
강아지, 토끼, 노루, 개미

꽃들이 빚어놓은 걸음걸음마다
조그마한 세상들이 한 가득이다

아이처럼 크게 보고 몸을 낮추고
세상보다 꽃을 먼저 만나면 좋겠다

많고 많은 이야기 잠시 접어 두고
세상보다 꽃을 먼저 만나면 좋겠다

오늘 장면은 맑음

책이 재미있다고 해서
모든 부분이 다 맘에 드는 건 아니다
어떤 장면을 놀랍지만
어떤 장면은 지루하다
어떤 장면에선 잠시 멈추고 싶어지지만
어떤 장면은 빨리 넘기고 싶다

사랑도 인생도 그렇다
내 사랑의 모든 페이지가 다 맘에 들 순 없나
내 삶의 모든 장면들에 꽃이 피진 않듯이
그러니까 괜찮다
오늘 나의 페이지는
이렇게 환한 햇살 아래 있다

행복 (수레국화)

사랑하면 됩니다

언제나 이 마음으로
그대를 사랑합니다

언제나 이 자리에서
그대를 기다립니다

흔들리는 건
마음이 아니라 세상이겠죠

돌아보지 말아요 흔들리는 세상에
마음 주지 말아요 지나가는 바람에

우리는 변함없이
사랑하면 됩니다

위로 2

걷다가 걷다가 지쳐 앉은 그 곳에
환히 웃고 있는 너
늦은 밤 누굴 기다렸니
나였다고 말하지 마
그럼 이대로 주저앉아
울어버릴지 몰라
그 모습 그대로 충분하단다

다시 일어나 걸어가는 내 뒷모습
가만히 지켜봐줄래?
너의 이름을 마음으로 불러본다
다시 만나는 날
사진이 아닌 내 눈에
더 오래오래 담을게

다시 만날 때까지 (벌노랑이)

이별 앞에서 우리는 사랑을 해요

이별이 건네준 뜨거운 위로를
꼭꼭 씹어 삼켜본다

어떤 사랑을 했었나
어떤 마음이 남았나

내 청춘의 한 페이지
적어도 후회는 없다

남아있는 상처까지
모른 척 넘어가진 말자

나를 더 많이 사랑해야지
아주 오래 걸릴지라도

열렬한 사랑 (접시꽃)

별보다 빛나요

당신 안에 가득한
별을 세어요

얼마나 빛나는지
얼마나 환한지

잠시만 기다려요
조금만 더 힘내요

잠들어 있는 별들이
이제 곧 깨어나요

별보다 달보다
당신이 더 빛날 거예요

잠든 별 (까치수염)

시

짧은 시 한 편으로
누군가의 마음을 어루만질 수 있다면
잠깐이라도 가슴 떨리게 할 수 있다면
다시 걸어 나갈 힘이 될 수 있다면

세상에 뿌려진 많고 많은 말
좀 더 따뜻하고 좀 더 포근한
좀 더 아프고 좀 더 눈물 나는 이야기

고르고 어르고
달래고 붙잡아
그대만을 위해 내어 놓는다

따뜻한 애정 (도라지꽃)

요정이 주는 선물

소원하나 빌어보세요
하루 중 제일 먼저 눈 맞춤한 누군가에게
선물을 주기로 했거든요

어떤 소원이라도 상관없어요
다만 딱 하나만 말해야 하니 신중해야 해요
당연히 어렵겠죠
사람들은 늘 놓치고 마니까요

소원이란 말에 도취되어선 정작
뭘 말해야 할지 진짜 내가 원했던 건 뭔지
그 순간 깜깜해지곤 하죠
허둥대다 결국 시간이 가버려요

내가 머무는 시간은 아주 잠깐뿐
그러니 어서 말해요
난 가야 하니까

그리고 한 가지 잊지 말아야 할 게 있어요
요정들의 선물을 받은 사람은 나중에 꽃으로 태어나요

끝까지 들어봐요
반드시 그 선물이 나에게도 세상에도 좋은 선물이어야 해요

그렇지 않으면 결국 그 사람에게
선물이 아닌 불행의 씨앗이 되고 말죠
그래도 받으실래요?
선택은 당신이 하는 거예요

처음을 뜨겁게 온 몸으로

처음은 다 그렇다
처음부터 완벽할 수는 없는 법
첫 사랑도 첫 출근도
기억 저편에서 아득한데
그때의 느낌을 떠올리면
온 몸이 찌릿해진다

다시 돌아간다면 글쎄
두 번째 세 번째처럼 잘할 수 있을지 몰라도
그때 그 마음만큼 뜨겁지는 않겠지
그때만큼 온 몸으로 그 순간을 기억할 수는 없겠지

오늘도 내일도 모두 다 처음
뜨겁게
온 몸으로
처음을 맞이한다

환영 (설악초)

참 예쁘다

작은 꽃 피었다
작은 아이 그 앞에 섰다

두 예쁜이
같이 피었다

구름 뒤 해님이
고개 내민다

참 예쁘다

천진난만 (미나리·아재비) 🔲

쉼

오늘 하루는 아무 것도 하지 말아요
어떤 계획도 세우지 말아요
뜨거운 커피 한 잔, 두 잔도 좋아요
좋아하는 음악은 한 곡 재생으로
평소엔 읽지 않던 추리소설 한 권으로 시작해요
이불 속에서 조금 뒹굴 거리다
뜨거운 물에 몸을 담가요
이제 라디오를 켜고 사람들 이야기에 귀 기울여 봐요
재미있는 영화 한 편도 좋아요
눈물 콧물 쏙 빼놓는 매운 음식은 필수죠
그리고 기억해요
늘 그대를 응원하는 누군가 있다는 걸

말없는 사랑 (달맞이꽃)

세상에 너라는 꽃 천지

세상에 너라는 꽃 천지
꽃만 보면 마음이 들떴다

너도 없고 나도 없고
이젠 우리도 없는데

사계절
함께 걸었던 길목마다
눈치 없이 꽃은 피더라

세상에 온통 꽃뿐인 것 같아
세상에 온통 너뿐인 것 같아

그 앞에 주저앉아
엉엉 울어버렸다

작아도 꽃인걸

쥐방울만 하다고
무시하지 말아요

싹 틔우고 꽃 피우고
열매 맺고 똑같아요

아침 이면 햇살에 눈 비비고
오후에는 달팽이랑 수다 떨고
밤이 되면 달님자장가에 스르르

보잘 것 없다 말하지 말아요
나도 내 자릴 꿋꿋하게 지켜요
내 모습 그대로 괜찮다고 했어요

똑같아요
나도 꽃이에요

🏵 가련함 (쥐꼬리망초)

정답은 없어

어쩌면 정답이란 없는 거 아닐까
누군가가 옳다고 하는 그것들이
꼭 모두에게 맞는 일이어야 할까
무언가를 향해 걸어갈 때
꼭 똑같은 걸음으로 걸어야 할까
내가 걷는 방식이 조금 다르다 한들
누가 나를 틀렸다 아니다 말할 수 있을까
마음 다해 내 속도로 천천히 걷는 것
진심으로 좋아하는 마음 하나 붙잡고 가는 것
그것이 어쩌면 전부이지 않을까

상사병

봄에는 아무리 애써도
나를 드러낼 수 없었어
알록달록 봄꽃들 사이에서
난 늘 외로웠지

봄이 지나도
한 여름 가운데 피는 날
알아봐줄까?

잎이 서서히 쓰러지면
난 여름 맞을 준비를 해
뜨거운 햇볕아래 누구보다 환히
세상을 만날 거야

잎과 하나 되지 않아
어딘가 어색해 보일지 몰라
그래서 더 크게 더 크게 웃는 거야
이렇게 이렇게 활짝

🌸 이룰 수 없는 사랑 (상사화)

고양이가 되는 시간

시원한 밀크티 한 잔을 나에게 선물하는 시간
오늘도 충분히 애쓰고 있습니다

내일도 이 더위 속을 걸어가야 하니까
너무 지치지 말아요

오늘은 고양이가 되어 볼래요?
맛있게 먹고
스르르 졸고
내가 좋아하는 그 곳으로 가서
살짝 숨어 있어요

마음을 다했으니

마음을 다했으니
더 이상 할 일은 없다

진심은 속일 수가 없어서
누군가의 마음에 반드시 닿을 거고
닿지 않은 마음이야
시간이 약이니 괜찮은 거고

서두르지 말고
재촉하지 말고

마음을 다했으니
기다리면 된다

🎴 기다림 (여우콩)

향기를 남기다

나는 세상에
어떤 향기
남기고 있나

어떤 향기
남기고 갈까

미덕 (똥딴지)

가보지 못한 길

'괜찮아' 라는 말
남들한텐 쉽게도 나오더니
막상 내가 괜찮지가 않으니
그 한 마디 내게 건네기 참 어렵다

'잘 될 거야' 라는 말
좋은 위로라고 생각했는데
막상 내가 잘 되고 있지 않으니
그 한 마디 말에 마음이 더 쓰리다

내가 나를 위로하고 다독이는 게
받는 것 보다 힘든 일이구나

그래도 나는 여전히 뜨겁다
내 안에 남은 발걸음이
가보지 못한 숱한 길들이 남아있다

괜찮을 날들이
잘 될 그 날들이
기다리고 있다

🌸 간절한 기쁨 (안개초)

욕심

사랑한다 말하면
그 말 안에 우리가 갇혀버릴 것만 같아서

보고 싶다 말하면
그 말보다 더 많은 걸 갖고 싶을 것 같아서

그저 그립다고
그립다고만

사랑 계획표

어제는 라디오에서 흘렀던 그 노래 때문에
오늘은 책 속 한 줄 그 구절 때문에

언제나 내 하루 어디쯤 한 공간
방학계획표 동그라미 작은 파이 한 부분처럼
일상 속 당연한 시간이 되어 버렸죠

내일은 어떤 핑계를 댈지 모르겠지만
어떤 이유인지 잘 지켜지지 않았던
방학계획표 속 시간과는 다를 테죠

어떤 이유를 대고서라도
그대를 떠올릴 테니까

세상살이

어렵다
누군가를 이해하는 일
가끔은 내 맘도 잘 몰라 헤매이는데
보이지 않는 그 마음 어찌 알 수 있을까

아프다
누군가를 곁에 두는 일
온 종일 사람에게서 받은 상처 그만 잊고 싶은데
또 다른 상처로 서로를 할퀴어 대니

슬프다
누군가를 사랑하는 일
결국 이 외로움은 나눠가질 수 없는 것
조금 덜 아프기 위해 오늘도 사랑을 재단한다

나를 건드리지 마세요 (봉선화)

네 이름을 기억할게

나에게도 이름이 있는지
나는 정말 몰랐어
어쩌면 잊혀 진 걸까?
아무도 불러주지 않으니
기억에서 서서히 사라졌을까?

매일 바라봤어
제비는 제비가
바람은 바람을
토끼는 토끼를
별들은 별들을
그렇게 서로 불러주는 모습

늘 부러웠어
수많은 사람들 입에서
봄이 되면 불리 우는 노래
가을이면 들려오는 시
그 안에서 피는 꽃들은
얼마나 얼마나 행복할 런지

오늘 불러준 내 이름
꼭 기억할게
언제까지나 그 이름 품에 안고
나를 더 사랑하며 살아갈게

오늘 안아준 그 마음
절대 잊지 않을게
언제까지나 그 마음 기억하면서
세상에 작은 향기 남기며 살게

한 걸음 떼는 일이 너무나 힘들었어요

그대 마음이 내게 오길 기다리던 날들
그대로 시작된 하루가 그대로 끝나고
그 끝은 내가 감당할 수 없을 만큼
하루하루 쌓여갔어요

기다림이 쓸쓸했던 건 아닙니다
다만 그 시간이
숨 쉬는 것처럼 잠자는 것처럼
일상이 되어 버려서
내가 할 수 있는 일이
하루 내 그것뿐인 것 같아서
그게 더 쓸쓸하고 아팠던 거예요

기다리는 것보다
그 안에서 한 발짝도 나오지 못하는
내가 날 봐야만 하는 일 말이에요

기다림 (능소화)

꿈처럼 이어지고

내 마음 다 전해지지 않아도 좋다
한 편의 시 한 구절
잠깐이라도 흔들렸다면

문장 따라 이어지는 이야기 길 안에서
오늘 하루 어느 틈
가슴 한 부분 따뜻이 채워주었다면

힘들었던 지난 날 아련히 떠올라도
잘했건 못했건 지금 우린 여전히 오늘을 지나
다시 올 내일로 걸어가는 중

내 마음 온전히 닿지 않아도 좋다
우리 함께 세상이 만든 이야기 속에 있고
그 안에선 언제나 꿈처럼 이어질 테니

신비한 사랑 (비비추)

여름에 피는 꽃

무슨 꽃이 봄에만 피는 줄 알아
진짜는 여름에 피는 꽃이거든

이 뜨거운 뙤약볕아래
가만히 서서 꽃구경하는 사람 어디 있어

외로움을 견디는 거 참 힘든 일이잖아
꼭 누가 봐줘야 존재 의미를 가지는 건 아니지만
가끔은 내가 정말 예쁘게 활짝 피었을 때
누가 봐주고 좀 알아주면 좋겠다 싶거든
그 기다림이 길어지면 지치고 지치면 아파져

그러니 제일 뜨겁고 찬란한 꽃이 여름 꽃이 아니고 뭐야
알아주지 않아도 사랑에 목말라도 그래서 아파도
꼭 그 자리에서 이 여름을 온 몸으로 맞고 있잖아

땀이 삐질삐질 숨이 턱 막혀도
길 한 가운데서 만난 여름 꽃들 보면
잠시만 그 앞에 서서 눈 맞춤하고 싶어져

열셋에의 감복 (자주섬초롱꽃)

여행

낯선 곳에 서면
진짜 나를 만난다

과거와 현재
현재와 미래의 어느 틈
전에 본 적 없는 나를

텅 빈 공간에
내 흔적을 채우면
온 몸이 떨린다

망설임과 선택 사이
잃은 것과 얻은 것 사이
사랑과 이별 사이
나는 어떤 사람이었을까

낯선 곳에 서면
진짜 나를 만난다

두려워도
놓을 수 없다

먼 여행 (박주가리)

삶의 의미

똑같은 매일의 삶이지만
꼭 이루고 싶은 일들을 하루하루 해내며
누구도 아닌
나 스스로와의 약속을 지켜가기 위해 애쓰는 거
남들에겐 별 일 아니게 보여도
그거 대단한 일이예요

어쨌든 시간은 흐르고
하루 한 달 일 년은 금방이죠
내게 주어진 이 시간을
매일의 작은 도전으로 채워가고 있는 당신

뭔가 꼭 이루어지지 않으면 어때요
당신이 걸어간 수많은 날들이
이렇게 당신 앞에 꽃처럼 환하게 피어있는 걸요

삶의 의미는 이루는 데 있는 게 아니라
이뤄가기 위해 노력하는 그 과정과 시간 안에 있어요

사랑이 약이다

하루
한 계절
결국 지나가고 마는 것을

내내 붙잡고
여린 이 마음만
아프게 했다

그것마저 놓으면
내 할 일이 없을 것 같아서
내 살 날이 사라질 것 같아서

도려내지 못한 마음 한 귀퉁이
상처는 언제나 사랑이 약이었다

분꽃 아가씨

사람 많은 낮은 싫어
눈부신 햇살을 피해
온 몸을 움츠린 채 기다렸다가

알록달록 색동저고리 입고
감추었던 날개 펴고
밤이 되면 눈을 뜬다

새 신부처럼
곱디고운 얼굴 하고
누굴 기다리는지 몰라

길 어귀 마다
꽃향기 가득 피어오르면
잠들어 있던 수줍은 사랑이
하늘로 하늘로 올라간다

수줍음 (분꽃)

온 세상이 널 사랑하고 있어

오늘 이 햇살을 기억해요
어제 내린 축축한 비는 이미 지나 갔죠
내가 생각한 만큼 따뜻하지 않을 수도 있어요
내 마음 다 채울 만큼 긴 시간이 아닐 수도 있구요
괜히 기다렸나 지난 어제가 잠깐 그리울지도 몰라요

삶이란 늘 완벽하진 않아요
오늘은 썩 마음에 들다가
내일은 영 아니기도 하겠죠
그렇더라도 세상은 흘러갑니다

당신이 좀 더 오래 햇살아래 있을 수 있도록
구름을 걷어 길을 만들고
당신이 좀 더 세상을 사랑할 수 있도록
지나는 길 가에 들꽃 향기 보내죠

사랑합니다 온 세상이 당신을
사랑하세요 온 마음으로 힘껏

뜨거운 사랑 (맨드라미)

처음부터 빛났다

누구에게나 빛나는 꿈 하나 있다
억지로 빛나려하지 않아도
있는 그대로 세상 속 작은 별이 된다

더 높이 올라가지 않아도
조금 천천히 걸어도
자기만의 아름다운 빛을 품고
세상을 밝힐 테다

노래가 끝나고 난 뒤

고민하다 보낸 노래 한 곡이
라디오에서 흘러나올 때
노래가 끝나는 그 시간까지
그대를 생각합니다

그대에게 보낼 수 없는 메시지는
내 맘 가득한데
그런 내 맘에 바로 답하는 라디오를 들으며
어쩐지 조금 서글퍼집니다

기뻐할 수도 아파할 수도 없는 이 순간
노래는 끝나고
그대만 남았네요

나팔꽃을 기다리며

새빨간 입술
꼬물꼬물 움직이면

난 정말 꼼짝 못해
그 자리에서 움직일 수 없어

무슨 말을 하려고
이리도 뜸을 들여

네 얘기 들으러 밤잠도 설치고
이렇게 아침 일찍 나왔는데 말이야

그래 그래 괜찮다 괜찮아
하루 더 기다린들 뭐 어때

새들이 전해준 세상 이야기
마음에 담아둔 지난 사랑얘기도
내일은 꼭 들려주기다

기쁜 소식 (나팔꽃)

너라서 고맙다

그대 앞에만 서면
나는 한 없이 투명해 진다

웃고 있어도
무슨 일 있냐고
괜찮다고 해도
다 말해보라고

세상에 단 한 사람
거짓 없이 만날 수 있는 사람
말하지 않아도 나를 다 아는 사람

그 한 사람이 있어서
숨 쉬고 살 수 있다

그게 너라서
참 고맙다

메밀꽃 피면 만나자고 약속해놓고

달빛이 뿌려 놓은
슬픈 눈물 보았나요

다시 만나자고 약속해놓고
오지 않는 그댈 기다리다
숱하게 뱉어낸 내 한숨이
달빛으로 달빛으로 모여들다가
어느새 눈물되어 땅으로 내려옵니다

메밀꽃 슬프게 흔들리는 날
그대는 어디에 피어있는지

🏵 연인 (메밀꽃)

희망은 있다

바쁘게 달려가는 사람들을 바라보면
문득 나만 늦는 건 아닌가
나만 뒤처지고 있는 건 아닌가
그럴 때 있다

그런 생각들에 힘들어도
나만의 속도로 걷는다

늦는 게 아니라
내 길을 꿋꿋이 가고 있다고
뒤처지고 있는 게 아니라
한 계단 한 계단 꿈을 이뤄가고 있다고

희망을 꿈꾸는 그 마음 하나면
언제까지고 걸어갈 수 있다

희망 (큰 꿈의 바람)

가을이 온 자리

온 통 꽃다지 천지였던 자리에
새빨간 고추 매달리고
땅 속 저 깊은 곳 노란 고구마 익어간다

놀이터 한 귀퉁이 개망초 피었던 자리에
분홍 코스모스 바람 따라 하늘거린다

감나무 위 초록 감들이 새빨갛게 익어가고
은행나무 밑 떨어진 은행들로 코끝이 찡하다

가을이 온 자리
모두들 용케 알고
제 자리 찾아간다

가을의 여인 (주홍서나물)

꽃보다

가만히 가만히
지켜보고 있는 거
쉬운 일이 아닐 텐데

나서고 싶고
칭찬받고 싶고
소리치고 싶고
울고 싶었을 텐데

해가 뜨고 지는 일
계절이 가고 오는 일
마음이 머무르고 떠나는 일
세상이 울고 웃는 일

가만히 가만히

나는 참말
너보다 나은 게 하나도 없다

동경 (해바라기)

내가 사랑하는 방식

내 사랑을 꼭 줘야할 필요는 없지
내 마음을 꼭 꺼내 보여야 하는 건 아니잖아
받기 위해 사랑하는 게 아니니까
뭔가를 바라고 그리워하는 건 더더욱 아니지

그냥 그런 거야
내 마음에서 보내고 싶지 않지만
그렇다고 그 사람 마음까지 내가 갖고 싶은 건 아냐
붙잡아두고 그 마음 가진들 더 행복할까 싶어

지금 이대로가 좋아
넘치게 뜨겁게 사랑해봤으니
이젠 미지근한 사랑도 해 볼래
넘쳐서 결국 더 많이 채워야 하는 사랑 말고
적당한 온도에서 멈출 수 있는 그런 사랑도 해보고 싶어

사랑은 언제나 계속되어야 하니까
오늘도
사랑합니다

사랑합니다 (붉은 국화)

그대에게 드려요

노오란 은행잎 되고 싶어요
햇살 머금은 따뜻한 온기
누군가 내게 닿으면
온 마음 따뜻하게 채워줄래요

새빨간 단풍잎 되고 싶어요
수줍은 듯 내게 손 뻗으면
못 이기는 척 그 손 꼭 잡고
마음 속 이야기 들어 줄래요

분홍빛 코스모스 되고 싶어요
바람 따라 구름 따라 하늘거리다
그대 두 눈 속에 콕 박히면
언젠간 다 지나간다 말해줄래요

순정 (코스모스)

나눈다

무언가 나누는 일
마음먹으면 쉽다지만
그 마음 내기가 얼마나 어려운가

음식을 나누어 먹고
내 가진 물건을 나누어 본다
마음을 나눈다는 건 이리도 작은 일
그 작은 일 하기가 왜 이리 힘들어 졌나

눈을 맞추고 귀 기울이며
이야기를 나눈다
하고픈 말 담아두면 얼마나 아플까
그 시간조차 없는 우리는 무얼 향해 가고 있나

내가 줄 수 있는 걸
나눈다
내가 할 수 있는 걸
나누어 본다

지각 (자주쓴풀)

그리움만

바스락거리는 낙엽 밟으면
온 몸으로 전해지는 가을, 안녕

조금 차가운 아침 공기
어느새 물든 가로수 길을 지난다

기다리는 사람은 없는데
그 끝에 서면 누구라도 만날 것 같아
잰 걸음 조금 더 서둘러 보지만

결국 만난 건 내 마음이다
여전히 놓지 못한 그리움만, 안녕

오래된 연인

뜨거웠던 시간이 지났다고 해서
마음이 변한 건 아닙니다
이젠 조금 다른 향기가 날 뿐입니다

반짝 빛나는 순간은 잠깐
영원할 것 같던 어제는 이미 지났지만
오늘 우리는 여전히 함께이니

더 많이 흔들리고
더 많이 울었기에
시린 겨울와도
두렵지 않습니다

꽃잎이 연해진다고 해서
시들어가는 건 아닙니다
이젠 조금 더 단단한 우리가 되어갈 뿐입니다

시들어가는 사랑 (추명국)

그대 없는 풍경

빨간 단풍잎 책갈피로
책 속 이야기 붉게 물들이고

노오란 은행나무 아래 한 걸음 또 한 걸음
걸을 때 마다 황금빛 온 몸이 뜨거워진다

파란 하늘 지나가는 흰구름 되고 싶어
고개 들어 손을 뻗어본다

코끝에 바람
마음 안에 그대가 차오르면

다시 흔들리지 않고 걷는다
이 풍경 안에선 완벽한 나이고 싶어

이별 (참취)

걸어간다

가지 않을 수 없었다

내 마음이 내 마음을 붙잡아도

나는 끝끝내 걸어가야 했다

걸어가는 동안

어쩌지 못한 내 마음을

꽃들이 불러내 달래주었다

나는 계속 걸어갈 수 있었다

이름에게

이 노래 들어 보세요

사람마다 떠오르는 감정은
제각각일 테지만
잊지 않고 기억해주려는
그 마음이 고마워
난 늘 눈물 납니다

할 수 있는 게 없어
가슴만 내내 아팠는데
어떤 목소리를 내야 할지
여전히 두렵기만 했었는데
결코 놓지 않겠다는
그 마음이 고마워
난 늘 눈물납니다

이 노래 꼭
들어 보세요

한결같은 마음 (털머위)

충분해

세상에 완벽한 꽃은 없어
완벽하다는 거 그 말 참 싫더라

도화지에 그려지는 꽃들은
왜 하나같이 그 모양인거야
동그라미 대 여섯 개로 꽃잎을 만들고
기다란 초록 줄기에 초록 이파리
황토색 흙속에 꼿꼿이 서 있지
모두 똑같은 모양 똑같은 꽃

꽃잎이 뭐 뾰족할 수도 있지
어떻게 맨날 둥글게만 살아
잎 하나 없다고 이상하게 보더라
그렇다고 향기까지 없는 건 아니라고
가끔은 허리 굽히고 또 가끔은 눕기도 하며
그 날 기분대로 보낼 수 있는 거 아냐

나는 도화지에 피는 완벽한 꽃이 되고 싶진 않아
저 들판에 산허리에 마음껏 피고 지는
세상에서 하나뿐인 자유로운 꽃이 되고 싶어
난 지금 이대로 충분히 너무나 행복하거든

보름달

언제부터였는지 그때가 맞는지
어렴풋하기만 한데
그 풍경 안 그 미소만
마음에 남아

오늘까지만
아니 내일까지만

아무리 덜어내고 또 덜어내도
다시 말간 얼굴 그대로
차오르는 달 보며
이대로 좋다 결국 제자리에

한 마디 말 못해도
평생 마주 서지 못해도 괜찮다
언제까지 그대는 오늘처럼 뜬다고

계절이 간다고 꽃이 지는 게 아니다

계절이 간다고 꽃이 지는 게 아니다
다만 자리를 내어 줄 뿐이다

이 계절엔 내가 제일 빛나고 예뻤으니
다음에 네 차례야

생에 제일 아름답게 빛나는 순간
가지고 싶은 마음이야 다 똑같은데
꽃들이 그 맘 모를 리 없다

순간을 영원히 가질 수 없다면
누군가에게 기회를 줄 수도 있겠지

하루 한 계절
빛나고 바래가며
조용히 세상 밝힌다

우정 (송악)

산국을 사랑한 바위

바위는 그저 바라본다
아침 햇살에 노랑 꽃잎 눈부시면
오히려 더 눈을 감는다
별보다 더 빛나는 모습
행여 나로 인해 흐려질까
꼼짝 않고 앉아 풍경 속에 머문다

스쳐가는 바람에
한 번뿐인 웃음에
온 마음 다 뺏겨 흔들리는 걸 보면
더 힘을 준다
날아가지 않게
내미는 손 붙잡지 않게

밤이 오면 그제 서야
내려놓는다
꼭꼭 움켜쥐었던 고단한 사랑을
그럼에도 끝끝내 지켜내었다고
남아있는 향기에 기대 잠든다

🏵 순수한 사랑 (산국)

바람에 실어 보내면 다 잊을 수 있을 런지

미련 없이 보내겠다 해 놓고
꽁꽁 잘도 싸맨 내 마음을 달래
겨울바람 쐬러 갑니다

실타래처럼 엉켜버린
오랜 이야기들아

오늘이 지나면
훌훌 풀어져라

긴긴 밤
몰래 삼킨 눈물들아

바람에 방울방울
훌훌 날아가라

애수 (응답)

비파나무의 슬픈 노래

그대에게 들려주고 싶었던
노래하나 있었소

어느덧 찬바람 불고
계절은 다시 봄을 꿈꾸지만

그대에게 전하지 못한
슬픈 내 이야기는
온 몸에 남아 있소

언젠가 그대 걷는 길
가슴 아린 선율 귓가에 들리면

바람 따라 흔들리며 노래하는
내 마음이라 기억해주시오

은화 (비파나무)

연극

난 늘 뜨거움이 목구멍까지 차올랐다
그럴 때마다 내가 할 수 있었던 건
아무렇지 않게 그저 삼켜내는 일

그댈 향한 내 마음이
뜨겁고도 뜨겁게
울렁거리며 타올라도

뱉어내며 나를 보이는 것보다
삼켜내며 날 숨기는 일이 익숙해서
오늘도 나만 아는 연극무대 위에
꺼지지 않는 불을 품고 서 있다

불타는 사랑 (계발선인장)

가시투성이라도 괜찮다면

다가오지 말아요
다섯 걸음 아니 여섯 걸음
거기서 보는 나는 어떤 가요
지금 모습 그대로를 기억해줘요

사계절을 피워내도
상처 가득한 가시투성이
하루는 다 잊은 듯 무심한 얼굴로
하루는 달래지지 않는 붉은 눈물로

어떤 모습의 내가 될지 나도 잘 몰라서
그대 점점 가까이 오면
끝내 참았던 눈물 터집니다
사랑하고 싶다고
사랑받고 싶다고

나를 찔렀던 가시를 끌어안고
내일은 누구보다 멀리 고개 들어
그대를 기다리고 싶어요

고난의 깊이를 간직하다 (꽃기린)

거리마다 네가 피어서

너만 보고 있어도
하루가 다 갔다

꽃만 보고 있어도
일 년이 다 갔다

일 년은 어느새 지나갔는데
하루는 왜 이리
더디 가는지

지난 밤 걸었던 그 거리엔
꽃은 없고 너만 가득
피어있더라

꿈속의 사랑 (백서향)

눈꽃

송이송이 눈꽃송이 하얀 꽃송이
겨울노래 부르며 밖으로 나가면

내 머리 위에도 나무 위에도
소리 없이 눈꽃이 내려앉았다

하늘과 땅 온 세상천지
꽃으로 뒤덮인 시간 안에서

우리는 비로소 마음을 놓는다
겨울이 부르는 작은 소리에
아이도 어른도 눈꽃이 된다

신비 (수선화)

꽃 한송이 피울 수 있겠다

봄, 여름, 가을, 겨울
사계절을 보내고 나서야
마음이 조금 가벼워진다

내 안에 얼마나 많은 사랑이 있었나
얼마나 많은 그리움이 남았나
누군가를 위해 울어 줄 자리가
여전히 남아있긴 한 걸까

토해내듯 쏟아내고 나면
난 매일매일 낯설게 다시 태어났다
그래서 좋았다

나를 있는 그대로 만나는 일은
두려웠으나 행복했고
눈물났으나 고마웠다

어쩌면 딱 이만큼의 향기가
어쩌면 딱 이만큼의 자리가

누군가를 위해
꽃 한송이 피울 수 있겠다

누구보다 당신을 사랑합니다 (동백)